新 50代は悩み多きお年頃

Satoru
Makimura

槇村さとる

Contents

Chapter 2

ハッピネス&ビューティのおはなし

さとるの本棚

ハッピネス&ビューティ編

装幀　橋本綾子
装画　槇村さとる

静かで、力強くて、芯のある女性になりたい

家の中を片っ端から
整理していくと
頭もだんだんスッキリ

Chapter

1

大好きなオシャレのおはなし

#1
50代は大きな大きな衣更えの季節

20代から50代までの写真を整理してコンパクトなアルバムにつくり直した。懐かしい友人の顔、今はもういない人の笑顔。意外な人と一緒に写っている集合写真にびっくり……。甘酸っぱいひとときでした。

——それにしても——私、ずっと、同じ服を着ている。トップスは大体が黒か、ロゴの入った白T。紺のセーターのバリエーション。時々オレンジか黄色。ボトムスはデニムかワークパンツ。あ、あとボーダー。

ちょっと自分にあきれました。

「an・an」や「non・no」が創刊された時、思春期に入った私は雑誌とともに育ち、着ることを学び、バブリーな時期はバブリーなものを、インポートが手に入るようになればそれを……と着たいだけ着た！　という感慨を持っていますが、こうやって並べて眺めてみると、何のことはない、大体はベーシックなトップスとパンツですごしていたの

服は表現です。
まんが家デス。って服。
クローゼットの風景は
私そのものです
どっちもとっちらかっている
あああああ
定期的にクローゼット整理をすると
気持ちもスッキリ♡
白→黒
トップス
ニット棚
白
ボトムス
黒←
ワンピ
下着など
Tシャツなど
ねまきなど

です。

丈が短くなったり、長くなったり。サイズ感がビッグになったり、ぴったりしたり。肩がピチッと内側に入ったり、だらっと外に落ちたり……ぐらいの差じゃん!!　結局!!

ときめく服って決まっている。だからずっとこのままいけると思っていた矢先、

「こっちがときめいても、もう服の方が私にときめいてくれないのよォ」

と、スタイリストの知人50代が言った。

涙が出るほど笑ってしまった。

自分がいっくら愛を捧げても、服の方からフラれる……という事態が50代になってやってきた。

原因はこっちの体の変化しかありません。体に「キレ」がなくなっている。写真を見るとよくわかる。アゴの線。肩のカリッとした骨感。目の力。肌のツヤや張りも「キレ」の一種でした。それらがことごとく角が取れ、厚みがつき、丸くなっている。そしてついに服にときめかなくなってしまった……。

また、私の服の趣味は、かなり元気系（ワーク・ロック寄り）だったので、更年期に手

術などを乗りこえたりしているうちに、ロックどころじゃない体になっていた。

心はあいかわらずトガったりしているんだけどねぇ（泣）。

だからといって、何も着ないわけにはいきませんし、どうせ着るなら、ステキに着たいという〝着欲〟はなくならない。

50代は大きな大きな衣《ころも》更《が》えの季節です。

「好きで、似合うもの」が若い季節の服選びの基準でしたが、50代の服選びの基準は、「苦痛ではなく、痛々しく見えないもの」。

その「もの差し」を当てて服の処分を始めました。

ゴツい服、重い服、硬い服。それらとセットで着ていた露出の多い服、透けている服、ピンヒールの靴。

さようなら、ありがとう。元気印の服たち。

あと意外と似合わないのがベーシックすぎる服。シャツらしいシャツ。ホッコリするリバティプリントのものや、チェックのもの。ごくフツーのデニムやトレンチなどが、今ちょっとダメ。着るとドンッと老け込む。かわいらしく見せたいのに、カントリーおばさんになってしまう。ベーシック服は5、6年寝かしておくつもり。

新しく手に入れる服は、シンプルでモダンでエイジレスなものを探していこうと思う。季節の変り目に何枚かずつ服が入れかわってゆく。収納場所には限りがあるので、少しずつ足しては、引いていく。

ドラスティックに変わるわけではない。だって好きで似合うものは、そうそう変わらないから。

パリパリの白シャツは去り、綿ジャージーのシャツにかわり、デニムは減ってゆるくて落ち感のあるパンツが増えた。

この私の肉まんのような体とハーモニーが出てきた（?）。

ひとつ、大好きすぎて手放せない革のライダースがある。着ることはできなくても、この反骨なイメージが私の心の支えなのだ。

時々ハンガーからはずしてみてはあまりの重さにびっくりしてしまう。こんな重いの、平気で着ていたことに胸がじ〜んとする。

シルクのサラッとした長い丈のワンピースなら、肩にかけて小物として使えないかなァ……変かなァ……痛々しいかなァ……。

「中高年になったらこれを着れば良し」というような時代は終わってしまった。「着欲」を持ちつづける私たちは、これからも悩みながら、時々喜びながら服とつき合ってゆくしかないのであります。

服のアルバム整理はこれからのクローゼットづくりのためにおすすめです。

#2

「だってね、私、靴フェチですから」

先日、知り合いのスタイリストさんと「中高年のファッション」について話していました。

加齢による体型の変化にみまわれている私。

簡単にBMIやサイズのモンダイでは済まない年頃……パワーやエネルギーが落ちているのが手を焼くところです。

元々が元気で丈夫なので、ウスモノには手を出したこともなく、「ロック」や「ワーク」で固めていました。だけど、体のパワーが落ちると、その違和感たるや……「痛々しいのぉ……」と自分でつっこんでしまう。

体が元々静かで細っこい人は、中高年になるとどうなるのかしら？　と想像してみます。

ヒラヒラした感じや透けている服は若くてしなやかな体だとキレイだけど、体が曲がったり、服がチープだったりした日には……！　少女のユーレイか？　という仕上がりになりそう。

ハイヒール好き♡
頭身がよくなって
チビな私を助けてくれる
大体フェミニンではないので
靴だけが女を表現する「場」でした。
なのに
もうヒール
無理?!
グキ
かといって
男靴なんか
はいた日にゃ〜
子供刑事《デカ》
このごろは
中ヒールや
ぺたんこにも
心ひかれる
デザインが
出てきて
ホッ
ヒゲ3Dです
マーク・ジェイコブス
ブッテロ
インヒール
パテント
靴大事♡

どっちにしても痛々しく、悩ましいことです。

こうして服を選ぶにもだんだん幅が狭くなるんだなぁ。「好み」というものは、ずっと変わらないということも、しみじみとわかってくるので、今も結局、好きで似合う服のラインナップになってしまう。そして、ショードー的に買ったデザインの効いたトップスや、憧れのブランドのコートは、クローゼットから消えていくのでした。

あとね、重い服も消えたね。

なーんて話をしていて、どこに着地したかというと、

「靴だけは、私、ゆずれない！」

「そうよね、やっぱりフニャフニャしたコッペパンみたいな、ギョーザみたいな、森の小人みたいな靴は、履きたくないのよ〜っ」

ほぼ絶叫する私。

だってね、私、靴フェチですから！

幼い頃に描いたのは、母親が履いていたハイヒールの絵‼　カカトの曲線が上手に描けた時には、自分の絵をウットリと眺めたものです。

次の趣味はバレエのトウシューズ。これでツマ先で立って踊るなんて！　どうなってるの⁉

親戚のおばちゃんがくれた、ストラップのついた赤いエナメルのメリージェーン。なんと！　サイズが小さすぎて返した。あの時のくやしさは今でも生々しく思い出されます。

小学生の頃、演劇部に入り、役のために友達のヒール靴（5センチほど）を履かせてもらった時の、あの視界が開けた感じ！　背筋が伸びて、自然に前に踏み出せる気持ちよさったら……。

そのあとは、フィギュアスケートのあのブレードとスピードとオフバランスの美に夢中……これは今に続く。

タニノクリスチーのピタッと吸いつくブーツ。マノロ ブラニクのヒールへの乗りのよさ。ジミー チュウを手に入れた時の気分が上がる感じ。私の靴箱には20足ぐらいのお宝があります。

「足」という複雑な立体を、さまざまに区切っていく革……「ああセクシーで大好き♡」と、靴の話だったらいつまでもしていたい私にくだんのスタイリストさんが言いました。

「でもいつも履く靴って3足ぐらいでしょ？」

うっっっ。

その通り。カッコよくて、歩きやすくて、履くほどに味が出る靴は、実はほんの少しなのです。

大好きで、買って、飾っておくだけでも満足な靴は、コレクションということにしましょう。いい。それでも、好きだもん。

というわけで、問題はその毎日履く靴。

高いヒールはホント無理。身長は欲しいけど、もう筋力もパワーもありませぬ。

しかしぺたんこ靴も、また辛い。バレエシューズはかわいいけれど、私の歩き方には合わず、すぐ疲れ切ってしまいます。

5.5センチヒールの、オシャレ〜なデザインの靴はないの〜。……と？　気づくと、なかなかかわいくて、カッコいい中ヒールの靴が出てきた〜!!　ありがとうブランドさん、ありがとう靴屋さん、ありがとう。

この秋買ったのはブッテロのインヒール。マーク　ジェイコブスのネズミのバレエシューズ。

靴を決めてから、上に着るものを合わせてゆく、という自分史上はじめての試みをやってみています。

これなら最悪でも、足許《あしもと》はキマっているハズだし、痛くありませんし、走れます！

昨日、イベントがあって、久しぶりに7.5センチヒールのパンプスを履きました。ピンク系赤のスエード。この頃気になるジャンヴィト　ロッシです。やっぱり上がります〜。

筋トレも引き続き、頑張るしかありません。

#3 “デブかくし服”の情けなさ

とある日の夕方……。

何とはなしにつけっぱなしにしていたTVに、金井克子《かないかつこ》さんが現れてびっくりした。画面の中では、私が小学生だった頃にヒットした「他人の関係」を歌っていた。なつかしい。

何にびっくりしたかといったら金井さんのプロポーションの美しさに、だ。一体彼女はいくつなんだ？　見事なボン・キュッ・ボンにまっ赤なマーメイドラインのドレスが似合って、まぶしい。

西野バレエ団おそるべし……。

金井さんは、由美《ゆみ》かおるさんの先輩にあたる西野バレエ団の人だ。

西野バレエ団は、西野皓三《にしのこうぞう》さんというバレエ教師がつくった私塾のようなもの。ちなみに、彼は宝塚歌劇団男子部（!!）の2期生だという。色々びっくりだ。

「戦争は終わった。これからの日本は豊かになる。人々は太ってしまうに違いない。日本

美しいもの好きの母のそばで育ち
バレエ好き
フィギュアスケート好き
体操好き、
バレエまんが
気の強さはバレリーナにもアスリートにもまけないけれど…
プロポーションがイケてない
幼な心にもそれはわかる
体操部
演劇部あたりをウロウロし…
でいっ
エアロビクスブーム
カーヴィーにビリーズブートキャンプ
ジェーンフォンダワークアウト
似てません。
なつかしやレッグウォーマー
全て乗りましたとも
仕事中だってやっちゃう
バレエはもう遠くから観るだけですが…
ずうっと体を動かしていたおかげで割りと柔らかさは保ててます
せめて腰ののびたばーさんになりたい

人を健康にする研究をしよう」

すごい。先見の明。

西野流呼吸法は、呼吸法、食事、入浴法、体操……と現在の美容法の源流を全てキッチリおさえてあるメソッドだ。

果たして、西野先生の予想通り日本は豊かになり、人々は栄養失調など軽くクリア。したと思ったらすぐ太りだし、それにあわせてさまざまな美容法や体操が雨後のたけのこのごとく生まれ、流行していった。

うつみ宮土理《みどり》の「カチンカチン体操！」、弘田三枝子《ひろたみえこ》の「カロリーダイエット」、ジェニー中尾《なかお》の「アロービックダンシング」、ジェーン・フォンダの「ワークアウト」「ヨガ」「ピラティス」、デューク更家《さらいえ》の「ウォーキングエクササイズ」、「加圧トレーニング」「カーヴィーダンス」、ＴＲＦの「イージー・ドゥ・ダンササイズ」。ああ！　ビリー軍曹の「ビリーズブートキャンプ」を忘れちゃいけない！

自慢じゃないけど大体かじりました。

つまりなかなか思った通りのバディにはなれてないってことですな。

理想や夢を語っていいなら、全身スリムで頭身のバランスが良く、骨感のある体がよかったなァ。

１６５センチあったら、デニムのスソをあんなに切らなくても似合うのに……。ＢＭＩが19・5ぐらいなら……。すっごく遠くに自分の足先がある人生って、どんなかしらね？

ハァ……。

中高年になって今さら少女時代の憧れのバレリーナになりたいなんて考えているワケじゃない（いや、味わえるなら一日、味わってみたいがね）。あきらめるところはいさぎよくあきらめて、さぁ、じゃあどうする？　って話だ。

引き締まった体が欲しい。この頃はウエストあたりに危機感を覚える。むくみも気になる。

首、手首、足首、ウエスト。それらにメリハリがあるのが大事。たとえふくらはぎ回りが35センチでも、足首回りが20センチならチャーミング。細いだけのガリガリした脚よりよっぽどステキってあたりに活路を見出《みいだ》したいのだ。

体が「キュッ」としているか「ぶよっ」としているかは着映えに大きく影響する。どこか一部でもピタッとした服を着ることができるという自信は、女性の心をガシッと支える。反対に「デブかくし服」を着ている時の情けなさときたら……一刻も早く家に帰って、ひきこもりたい。泣きたい。

だったらエクササイズをまじめにヤレーッて話でした。

30代は脂、40代は筋肉、50代は骨をコントロールできなければ自由を失う、という言葉があります。

体のメンテナンスをコツコツと続ければ健康と美しさと、自信が、アメとしてついてきます。怠れば……たまに撮ってもらった写真に写っている、ありえないほど幅広な二の腕に卒倒！

手持ちの大切な服をどう活性化するか⁉

こんにちは。元気に服を買ってますか？

私の描く物語の中では少女たちは生きにくさや葛藤《かっとう》を抱えながら他者と出会い、気付き、決断し、成長してゆきます。健やかで品があり、けなげで凜々《りり》しい主人公たち……ですが、作者の私はへたれです。優柔不断で不安性。いつも真っ暗な想像と悪夢にうなされる、そんなぐらぐら暮らしの毎日です。これは小さな時からの性格なので、ある時期から「これが私だ」「このぐらぐら、へたれだからこそ、いさぎよい主人公を描けるのだ！」と、開き直ってしまいました。

もう何年も前
ですが
菊池さんの
名前を覚えた
ショーゲキの
スタイリング
が
これ
ハッ
ワークパンツ
ファンの
私の目は
くぎ付けに!
女らしく
ゆるく
風を感じ
ました♡
当時ただのG.I.ジェーン
だった私。

さて、この春私は服を買っていません。これは私史上ひじょうに珍しいことなのです。

雑誌でステキなバッグを見てはお店に問い合わせ、街でときめいた服は必ず試着。ときにはストレス発散のために買いまくってしまうという服大好き！　な私の身の上にいったい何が起こっているの⁉

完全に服スランプ‼

好きで似合う服を探して着ることを無上の喜びとしていたのに、スランプですよ。いつものぐらぐらがピタリと止まってシーンとしてる感じ……で、この本と出合いました。

『K．K　closet　スタイリスト菊池京子の365日　Spring－Summer』。彼女のスタイリングが大好きで、その秘密を知りたくて……ベーシックな服を使ってコーディネートでちょっとした冒険をする時のアガる気持ち。サイズ感に対する繊細さ。大胆さとこびない女らしさ。香り立つたたずまい……菊池さんがコーディネートする時の心構えのようなものや、気持ちの動きまで語っていて、読んでいると、「そう！　そういう気持ち！」と、シーンとしていたおしゃれ心がムズムズと目ざめます。

選び抜かれたベーシックな服の合わせと、小物のあしらい。ピリッとスパイシーな小物選びもステキだな〜〜。

以前の私だったら「コレと同じ物を買おう！」と走ったかもしれませんが、今は、手元に持っている大切な私の服たちを、ひとつひとつどう着たら活性化するかしら？　と、この本と首っぴきで考えています。

『K.K closet　スタイリスト菊池京子の365日　Spring-Summer』
菊池京子［著］
集英社

「考える」という工程が視点をグッと高くする

1981年8月22日。台湾の航空機が墜落したというニュース速報が流れました。テレビの画面に次々と亡くなった方の名前が流れ、その中に「向《むこう》田《だ》邦《くに》子《こ》」という名前を見た時の強い衝撃は忘れられません。

私自身は20代半ばでまだ自分の周りに「死ぬ人」はいない。いたとしても、うまく受け止めることもできず「いなくなってしまった」というような年頃だったのです。

はじめて、知っている人が事故に遭って亡くなった、というできごとでした。知っている、といっても、それは向田さんが脚本を書いた『だいこんの花』や『寺内貫太郎一家』を観ていたというだけなのですが

女らしくかっこよく。
今の時代こそお手本になる
美しい先輩。

……作品を観て良いなァと思うことは、その作者を同時に身近に感じることです。

その後、向田さんのエッセイを読むようになると書き手としての凄さに圧倒され、ただの愛読者になってひれ伏してしまう私でした。

そんな凄い先輩・向田さんは作品だけではなく、そのライフスタイルがステキで、何度も何度も「向田本」が出版されるような女性です。

『向田邦子　おしゃれの流儀』もまた……ですが特におしゃれだけにフォーカスした本ははじめてのような気がします。20代で『映画ストーリー』編集部に入ってから51歳で亡くなるまでの、彼女が選んで愛して着た洋服たちを見ることができます。

考えてみれば当然なのですが、向田さんの20代の頃は洋服というのはオーダーしてつくってもらうか、自分で生地を買って縫うものでした。

この年代の人の手先の器用さや縫いもの編みものに対するハードルの

低さは、若い時の洋服事情によるものです。

……にしても、上手です。

本書の中にある自作の服も、自作の帽子も、あまりにキリリとして、出来ばえが良く、これを作った人のセンスの良さ、手の器用さ、仕事のキッチリかげんが伝わってきます。

今、私たちの身の回りにはあらゆる服やモノや仕事や雑多なことが積み上がってしまっています。断捨離しなきゃとってもマズい。それにしても何から捨てたら良いの？　と、途方に暮れそうになる時。先輩たちのライフスタイルをのぞいてみて、「考える」という工程がひとつあると視点がグッと高くなっていいなァ……とあらためて感じた一冊です。

『向田邦子　おしゃれの流儀（とんぼの本）』
向田和子／かごしま近代文学館［編］
新潮社

さとるの本棚

Satoru's Bookshelf

大好きなオシャレ編

暮らしを楽しみ尽くす〝マダム・シック〟の教え

この本をひと目見た時「うっ！　タイトルが上手すぎる！」と思った。職業病だ。ただでさえ服スランプ、それも更年期という大きなカーブを曲がった後で、迷子になっている私にとっては大、大、大好物なジャンル。――と思っていたら、同じような苦しみ（？）の女性は多いらしく、あっという間にベストセラーになっていた。もちろん内容も楽しい。

米国・カリフォルニアでのびのび育った娘さんが、フランス・パリの貴族の末裔《まつえい》の家庭にホームステイすることになる。ステキなマダムにステキなお部屋……と、ここで彼女の頭の中はまっ白になる。「クローゼットが、小さい」。彼女は大型トランク2個にギッチリの服を持ってき

「不機嫌なママにメルシィ！」
のママを想像してしまいました。
フランスのエレガンス。
こういう女性が日本にも発生する？

ていた。

観察していると、マダムもムッシュも息子さんも、数少ない上等な服をぐるぐる着回している。同じ服を週3で着るなんてありえない！ という国から来た娘はカルチャーショックを受ける。

自分に似合う上質な服を週3で着て自信にあふれているマダム。片や、大して満足もしていない服をとっかえひっかえ着替えている自分……。


彼女は1カ月10着のコアアイテムの服で生活してみることにする（この10着にはアウター、ドレス、アクセサリー、下着などは含まない）。

どうやって服を減らし、10着を選ぶか、1カ月の間に何を考えたか。どんな良いことが起こるか。読んでいるとワクワクする部分だ。

あまたの服整理本とプロセス的には同じなのだが、彼女の気持ちと一緒に考えながら読む楽しさがある。

そして何より、彼女が「服と私の関係」を考え直し、意識を変えていくプロセスが、力強い。主体は自分であって、服を選びぬくのは私。決して服のドレイではない。

う〜〜パチパチパチパチ。

フランスでは少女からおばあさんまで、こういう根性で服を選び着ているのだろう。

この意志の強さ、軸の強さが、日本の女性の中にあるのだろうか？

私の中には？　ない。かも……たはは。

しかし、マダム・シックの生活や振る舞いは、大人の女性のお手本になる。

辛口で、大好き。

『フランス人は10着しか服を持たない』
ジェニファー・L・スコット［著］、**神崎朗子**［翻訳］
大和書房

Satoru's Bookshelf

大好きなオシャレ編

さとるの本棚

骨格さえわかれば、本当のオシャレになれる

服好きにはたまらない季節、秋です。手持ち服をチェックして今季は何をプラスしようか考えるのが大好きな槇村です。

「私は何故この服を買ったのだろう？？？」と苦しむ瞬間が多々あります。

大好きで、自分のチビかげんにちょうど合って、手ざわりだって好きで、絶対に大丈夫!!　と思って手に入れた服なのに……イマイチ!!

そんな違和感をなくしたい。失敗を減らしたい。無駄遣いも、もうイヤ〜〜!!　ぴったりとハマる服はどこにあるのか〜〜!?　という私に、目からウロコのファッション本がありました。その名も『あなただけの

スラリと薄い体の人「ウェーブ」
筋肉の人「ストレート」
骨の人「ナチュラル」
私の体は「ストレート」
着たい服はナチュラル
どうりでむずかしかった。

「似合う服」に出会うための骨格診断』。

人にはそれぞれ、生まれ持った骨格や筋肉の付き方の癖があります。この本では、その特徴に基づき、似合う「素材」や「デザイン」を客観的に導き出してくれます。

自己診断で自分のタイプを知り、タイプ別に素材やデザインを選ぶと、あら、しっくり……。主観的な好き嫌いではなく、客観的というところがミソです。診断して導き出されるタイプは3つ。

1つ目は、「身体に厚みがあり、上重心が特徴のストレートタイプ」。グラマラスなメリハリボディで、似合うのはシックな定番スタイル。ダメなのは柔らかいもの、シワ加工のもの（安っぽく、だらしなく見えてしまう）で、それらを着ると着太りする。

2つ目は、「身体に厚みがなく、下重心が特徴のウェーブタイプ」。スラリと平べったい体で、似合うのは、柔らかいものやボディコンシャス。

粗い素材、ハリのある素材のものだと着負けし、シンプルにすると寂しく地味になる。

3つ目は、「関節が目立ち、骨太で筋っぽいのが特徴のナチュラルタイプ」。自由でラフなスタイルで、天然素材やザックリ素材、形のないデザインが似合う。キチンとしたものを着るとつまらない印象に。

なるほど〜〜。

私は、気分は「ナチュラル」ですが、体は「ストレート」でした。憧れのカッコをするには骨っぽさがありません……。何だかあきらめがついたわ。

この診断に基づいてクローゼットを見直してみると色々な気づきがあります。また、イマイチな服を自分になじませるヒントも載っています。

『あなただけの「似合う服」に出会うための骨格診断』
山崎真理子［著］、**二神由美子**［監修］
すばる舎

さとるの本棚

Satoru's Bookshelf

大好きなオシャレ編

何を着て、どう生きたいかを考えよう！

クローゼットの服がどんどん減ってスカスカになっている槇村です。

雑誌が大好き、服が大好き、仕事のストレスは服を買ってはらす!?というクズな人生を送ってきた私なのに……何だか服に対して盛り上がれないの。

体も曲がり角だし、コレというヴィジョンもつくれず、とりあえず、いま持っている服は満足度が高く大好きなものだから、新しいモノを買わない。これから何を着たいのかなァ……と街行く女性を眺めて充電中。

あなたを美しく見せる服だけ、
適量持ちましょう
いつも
ホント
オシャレ
(プロだもんね)

私が大ファンで知り合いでもある地曳《じびき》いく子さんの『服を買うなら、捨てなさい』を何度も読んでしまいます。キャリア30年超のスタイリストである地曳さんは、当然ですが大量の服と出会い、所有してきた人です。その彼女の結論が、「ワードローブは、偏っていていい。あなたを美しく見せる服〝だけ〟を適量持っているのが理想」と言います。私はホッとしました。好きなものに偏っていいんだ。大好きな革ジャンをあきらめなくてもいいんだ♡（ちなみに地曳さんも革のライダース好き。とても似合うんです）

大好きアイテムは常に更新して、その時々の体のカンジにフィットするデザインを選べば、とんがった変なオバサンではなくカッコいいマダムになるのだ、と地曳さんを見て学びました。

「人生、お金も時間も限られています。どうせなら、どちらも有意義に、自分が心地よく輝くために使いませんか？」

「自分の人生の主人公は自分です。自分に似合わなかったら、スルー」

ふむふむ、どうやら私はそのスルー中なのだな。

「今のクローゼットを仕分けて、少ない服でおしゃれに生きる方法。うっかりムダ服を買ってしまう、その理由。捨てるべき服とは。理想的なワードローブとは。買い物のコツ」ファッション誌を眺めるとワクワクしますが、そのままお店に行く前に、この本を読んでおくことをおすすめ！

何を着て、どう生きたいかまで、じっくり考えるためのお供本。

自分自身のトップスタイリストになるための指南書です。

『服を買うなら、捨てなさい』
地曳いく子［著］
宝島社

さとるの本棚

Satoru's Bookshelf

大好きなオシャレ編

人生のすべてを変える！　フランス式ダイエット

本屋さんへ行くと衣食住のコーナーを必ずチェックする槇村です。最近、「フランス……」をタイトルにかかげる本がドッと増えました。フランスと一口に言っても、たぶん「パリ」のことだよネ？　日本人は昔々からパリが大好き。考え方もライフスタイルもほぼ真逆。憧れもつのります。パリの人も「日本」が好きな人、多いですよね。ひかれ合うのかしら……。

さて、フランスで生まれ育ち、米国に留学して10kg（！）太ってしまったミレイユさんが、生まれた時から身についていた「フランス式の食

体重よりスリムなパンツ
ぴちぴち
どうする？ 買う？
売りたいのは山々だけれど心やさしい販売員さん。
無言。

べ方と生活に対するバランスのとれた関わり方」を思い出し、見事にダイエットに成功。そのフランス式のコツの本です。「フランス女性はたっぷり食べていても、ほっそりした体型を保つことに喜びを感じる」という。「彼女たちは頭を使って食べるので、食べすぎたとか、うしろめたいとか感じながらテーブルを立つことはないのだ」。

うわ〜ウットリする。私しょっちゅう、うしろめたいんだもの！　考えて、選んで食べて、満足し、摂取量はダウンする。理屈はすごくわかるけれど、これをやるには本気が必要そうだ。

もうちょっとやせたいとか、簡単にやせたいとか、すぐやせたいとか。すぐそういうデブな思考に陥ってしまう私。「ダイエット本を捨てなさい！」、そして、くらしの全てをやせる習慣にしてしまうのヨ、とミレイユさんは言う。

自分の体のクセを知り、バランスを探し、安定した習慣にして、その後の人生を……「食べ方」から「ふるまい」にいたるまでくらしの全てにおける、フランス女性のコツがつまっている。

私が感激したのは「フランスでは体重計はバスルームの一般的な備品ではない」というくだりだ。だれにもバレやしない体重なんかよりも、スリムなパンツをはいた時の外見と感触に気をつけようというところ。非現実的な目標にハマることなく、自分の感覚に正直に、敏感になれ！
ほんと、その通り!!

できるか!?　私。

『フランス女性は太らない』
ミレイユ・ジュリアーノ［著］、**羽田詩津子**［翻訳］
日本経済新聞出版社（現・日経BP社）

Chapter

2

ハッピネス&ビューティのおはなし

#1 ポスト更年期でガックーン!!

深夜も深夜、錦織《にしこり》圭《けい》さんとアンディ・マレーさんの試合を観ていたら、あまりにも面白くて、途中でやめることができなくなってしまった。試合の結果は、錦織さんの勝利だった。

強い。若い。輝かしい。胸がきゅうんとする。ふと隣を見ると、おばあさんがいる。

だれ？　……って私かっ⁉

手許に引き寄せてあった鏡に映るおのが姿である。夜中の照明のライティングのせいか？　深夜に無理をして起きているので疲れが噴き出しているのか？　たった一人でTVの画面に夢中になっていて無防備でたるみきった表情だったからか？

いやいや……。

諸条件のせいではなく、これが今の、ありのままの私の姿なのだ。と納得するしかないのであった。

ソージを
サボりました。
やるか
大ソージ。
毎年
同じお店の
おせち♡
おだしのお雑煮
午前中に
初詣でだけは
行きたい。
着物を着たいけど
そんな余裕は
いつも無く
バタバタです
お花と
おもちが
あれば
良い。

更年期を過ぎ、なんとか一息ついた、と思った55歳の頃はこんなに老けてなかった気がする。そのあと、〝ポスト更年期〟でガックーン!!　と枯れた気がします。

〝ポスト更年期〟は今まで体を守っていてくれた女性ホルモンがほぼゼロになり、それとともに、その弱点に病気が出てくる時期です。

出方は人によりさまざまだと思われますが、私は消化器系でつまずいた。手術したり、治療に通ったり、バタバタしているうちにすっかりウツっ気が強くなり、毎朝一番に思いつく言葉が「死ぬ」になってしまい、こいつぁ超マズイ！　となり、夫の心配も振り切ってホルモン補充療法をはじめた。

翌日の朝、ケロリと軽い気分なのにびっくりした。バラバラだった気持ちと体が、またぴたっと重なったのだ。１週間もしたら生きる意欲さえ湧いてきた。劇的としか言いようがない。

女性ホルモン。恐るべし……。

補充療法が私の体に良いこと、悪いこと、いろいろもたらすだろうが、よくよく管理、観察しながら、加減を決めてゆこうと思う。とりあえず、仕事を続けていく間は世話になろうと思っている。

夫のキム氏（性人類学者のキム・ミョンガン氏）は自然医学派なので、この治療法にはかなり反対だった。今でも反対なのだと思うが、あまりにも私が「辛いのだ」「生活の質が最悪で生きた心地がしないのだ」と訴えつづけたので譲ってくれた。……というか、夫婦であっても、違う心情、違う思想、違う価値観であるのだから、当然、選ぶ療法も違うのだということを認めあったということだ。

他の夫婦はこのへんのところ、どうやって決めるのだろう？
例えば片方に重大な病気が発見された時。夫にも妻にもこれといった信頼する治療方針がない時。または、それぞれに信ずるところが実はあって、相いれない時。
やっぱり朝まで生討論……かな。

その中でひとつ気づいたのは、私は「自分は長生きするであろう」と無意識に思っていたという事実。根拠が何もなくて笑っちゃうけど、そう思い込んでいたのだ。

みんな自分の寿命っていくつぐらいって思っているのかしら？　「自分の親の歳プラスα」ぐらい？　「平均寿命」ぐらい？

こればかりは考えたところでわかるもんじゃないけれど……。

次に、「そんなに長生きしたいのか？　私」と考えた。元来、体が丈夫なタイプなので、このあたりのことを考えたことがなかったのだ。実におめでたいというか、ラッキーな人というか……。

結論としては、寿命が長かろうが短かろうが、生活の質をできる限り保ちたい！　そのためのリスクなら取る。多少寿命が縮んでも、意識も体もシャキッとした毎日を選びます……となったわけです。

女性ホルモン補充で体の芯が戻った時の安堵《あんど》感。この数年の不安や恐怖や葛藤を思うと、私という人間は、生きて食べて仕事して、という欲望が強いのだーとよくよくわかりました。

自分のことだけでいっぱいいっぱいだった数年に、一段落ついた感じがして、気づくと年末です。

力が戻ってきたので今年は大掃除をしようかな。力が落っこちてると家のケアも難しく、サボりがちになっていた。

う〜ん。

掃除ももちろんしなければならないけれど、これから10年、どう暮らしたらいいのか？と考える時期になったのかもしれない。

元気で、頭が働いているうちにしなければならないことは、たくさんありそうだ。

#2 中高年の〝生活の処方箋〟

伊丹《いたみ》十三《じゅうぞう》監督の映画に『タンポポ』という、食べものを食べる人たちの映画があります。その中の「走る男」というエピソードが好きです。体調が悪くて、どうしても描けない時など、ふと思い出したりします。

——ごくフツーのサラリーマンが走っている。彼の妻が危篤《きとく》状態なのだ。アパートに戻ると今まさに息絶えようとしている妻と、彼女をかこむ子供たち。子供たちは、まだ小さい。そして、次の瞬間、子供たちの父親は、彼女に向かって、「そうだ、飯をつくれ、かーちゃん、晩飯の支度だ！」という展開になる。するとかーちゃんの目に生気の火がともりゆらゆらと起き上がる。慣れた手つきで中華鍋をあおり、おいしそうなチャーハンができる。チャーハンをほおばる子供たち。それをゆっくり見つめながらかーちゃんは絶命する——。

本文とは何の関係もないイ
↑わかりやすい幸せ
せいっ
やっ
とうっ
社会人レベル
シルバーレベル
体操する
美容する
買う
片付ける
読む
観る
考える
描く
あそぶ
会う
食べる
この高低差でコロリコロリと前へ進んでいる気がする。
かろうじて
シブ〜い幸せ

漫画みたいな話だし、演出だし、笑えちゃうんだけど、「このお母さんの思いわかるわ〜〜」と納得してしまうエピソードである。

私の場合も……本調子でなくっても、よいしょとキッチンに立って、手を洗い、やかんに水を満たし火にかける。みそ汁のダシ用の昆布を小鍋に放りこむ。その間に頭が回りはじめて、具は何にするか、今日の卵はスクランブルか目玉焼きか、方針が決まる。体の方は勝手にパンを出し、果物を出し、野菜を出し、まな板と包丁をセットして一気にカット……。

この一連の動き。

長いことやりつづけたことだからこそ、の手の枯れっぷり。

食事を済ませて、食器をさわさわと洗い、お茶を淹《い》れ、薬やサプリメントを飲む。

この一連の動き。

骨のズイまでしみこんだ動きというのは、あなどれない。具合あんまり良くないの、ちょっと忘れてた。ボーッとする。気圧計を見ると低気圧だーどうりで（笑）。みたいなことはしょっちゅうある。

以前、フィギュアスケートの羽《は》生《にゅう》結《ゆ》弦《づる》さんが試合前に他の選手とぶつかって、ケガをしてしまった直後に滑ったことがある。音楽にあわせて動こうとする体の力には凄《すご》みがあった。彼の体にしみこんでいたものだけで滑りきってしまった。スピリットというか、精神そのものが立っている、という印象を受けた。

とんでもない事態に陥った時。ショックのあまり心はうしろの方においてけぼりになってしまって、頭の中はカラッポなのに、体だけは「よいしょ」と起き上がろうとする。

東日本大震災の時もそうだった。

心がぽっきり折れた時は体が、体がガックリ落ちた時は精神が……。入れかわり立ちかわり私を支え、立たせて、原稿を描いています。

さわやかな瞬間なんぞありませぬ。

右へでも左へでも、何なら上でも下でも、自在にお話を展開して、どんな難しいシーンであっても描けるまでねばって、下書きの鉛筆の線でまっ黒になった原稿に一息に線を引く楽しさ。もう、何だって描けてしまいそうな、あの気持ち。あの嬉《うれ》しさ。自信。描いて良かったァ……と想える幸せ。

ああ、なつかしい。

まあ、今はポスト更年期のリハビリ中と割り切って暮らしている。

足りないホルモンを補い、サプリを足し、足りない筋力をつけるため体操教室へ行き、ワンダーコア（腹筋を効果的に鍛えるための補助具）も購入。何とか下げ止まったという感じだ。

あーやだ、もーできない、面白くもなんともない……と、うだうだしていても、アシスタントさんが来てくれる日は、逃げるわけにもいくまいと、観念して机に向かう。そして、今決めなければならないことをひとつだけ選ぶ。本気で集中すれば、10分くらいで決まる。

話のとっかかり

主人公の気持ち
キャラを表現する行動
どうしても言いたいひと言のセリフ……
40年以上も同じ仕事をやっているんだもの。自分の中から何かを引っぱり出す方法は……体が知っている……？

中高年の〝生活の処方箋《しょほうせん》〟は、余計なことは考えない。これにつきる!!

他人のコトは他人のコト。夫の課題は夫のもの。今さら「いい人に見られたい」と思う相手もいないし。焦ったり、不安になったり、自分を責めたりなんて言語道断！　そんなことしてふざけるヒマも体力もありません。
ケンカ？　ケンカ売ってる？　と感じてもやめた。ケンカなんかしてこじらせて、肌がどよんとするのイヤだもの。
さわやかでなくとも、苦しくないやり方を模索中。

#3

ダンス浴で若返り

ポスト更年期で毎日ヘナヘナ暮らしている私に、今一番足りないもの。それは踊ること。

永遠に私を魅了するダンス、そしてダンサーたち。若い日には彼らをとても身近に、いつも感じていたのに、今はちょっと「遠のき感」アリ。しかし、それは私の事情なだけで、彼らの輝きは1ルクス（照度）も下がってはおりませぬ。

10代の頃から強く惹《ひ》かれつづけ、観つづけていたダンスでしたが、「雷に打たれた」経験は、ベジャール振りつけによる、20世紀バレエ団の「ボレロ」を観た時。メロディの役を踊ったのは、ジョルジュ・ドンさんでした。ダンサー、振りつけ、曲の全てがほんの数分のダンスの中に焦点をキッチリ合わせ、ドンさんが舞うまっ赤なテーブルの上の一点からエネルギーが爆発して、その場にいる何千人という人の深い意識をドカーン!!　と揺さぶる、その異様な集中力。雰囲気。カタルシス。

雷
その①
ジョルジュ・ドン
「ボレロ」
ズキュン
や……焼き肉食べたい
うん
一体何を観てしまったのか
ぜんぜん消化できず…
発熱
その②
近藤良平さん
「コンドルズ」
静かに泣ける……
その③
ラッセルマリファント「TWO」の
シルヴィ・ギエム
息してない
その④
アクラム・カーン
もう
理想すぎ
帰依します。
海ボウズ系がツボです。

あまりの衝撃に何が起こったのかもよくわからず、劇場を出た私と友人は、その足で焼肉屋さんを探して肉を食べたのでした。う～～ん（笑）。すごいエネルギーを受け取った？

「ボレロ」はモダンバレエというジャンルでしたが、コンテンポラリーも含めた「古典ではない踊り」に、初めて心が動いたキッカケの演目でした。物語とキャラクターによって描かれるクラシック（古典）バレエは、これはフィクションですよーというお約束のもとで笑ったり、泣いたり、共感を覚えたりしているうちに、ふーっと「あ、これもしかして私のコト？」と、気づく仕掛け。そういう心の動きや冒険を楽しめる装置といえます。他《ひ》人《と》ゴトだと思うと気楽に考えられる、バカねー、なんて笑って。あら？ 私もバカかな？ ハハハ。という感じの楽しみ。

それに比べてモダンやコンテンポラリーというジャンルは、もっと抽象的、もっとズバリ。設定も説明もありません。幕が開いたら、ただ、もうそこに悲しみとか、孤独とか、おかしさとかが飾りもなく立っていて、踊り出すのです。

コンテンポラリーって難しくて……とずっと思って近づかなかったのですが（何だかナルシシスティックなカンジも恥ずかしかったし……）、40代に入ったあたりでバチッとハマった瞬間があったのです。すっごいわかる〜〜泣ける〜〜という演目が。その時、私も大人になったのだ……と思ったものです。

モダンやコンテンポラリーは観る側、こちら側の心の中の引き出しにある程度の経験が入っていないと共鳴作用が起きないのだ、と。

悲しみ、苦悩、理不尽をのみこんだくやしさ、自分をググッと曲げて人を許した経験、黙って去っていってしまった人のこと……。

思い通りになんてならなかった数々の出来事とそのあと味……そんなものが静かに沈んでいる大人の心に、ダンスがダイレクトに刺さってくるのです。

ダンスを観ながら、ふうっと立ち上がってくる昔の出来事のリアルな感触、よみがえる心持ち……。もう、とり返しのつかないことを想うせつない時間。大人の時間だねぇ。と、

そんな重い話ではなくっても、単純にダンサーの体と身体能力に唖然《あぜん》とし、彼らの放つ生命のエネルギーをバシャバシャ浴びるのは気持ち良い。マジで細胞のレベルで体が喜びます。どんなに運動オンチでも、リズム感がなくっても、不器用でも、ダンサーの細胞に共

鳴して、観る側の細胞も一緒に踊ってはじけるのです。
それがライブの意味。
それがライブの全てです。

古典のバレエだと、男性は、どうしても王子や悪人や道化師という役回りが多く、今ひとつリアルさからは遠いのですが、モダン、コンテンポラリーの世界では、「主役」です。ムウッとするような男らしさのアクラム・カーンさん。ピカッと輝く頭と黒くておちゃめな目にドキドキ。

ヤギ？　というような風貌《ふうぼう》の近藤良平《こんどうりょうへい》さん。一緒に踊る人との関係を表現する、という立ち位置がサワヤカ。ギャグで笑ったあとに泣けちゃう、という心の浄化装置みたいな舞台はエンターテインメントです。

森山《もりやま》未來《みらい》くんも色っぽい。生命の色っぽさ、赤ちゃんの持つ色気のような……危ない危ない魅力ですぞ。

進化しつづける20世紀最高のバレリーナ、シルヴィ・ギエムさんの創作するダンスは、もう、はっきり言って神様の域に入っちゃってます。

ダンス浴。若返りますぜ。

しかし、もっと細胞に効くのは、自分で踊ること。同じアホなら踊らにゃソンソンというのはホント。

ああ、踊らないと！

すっかり猫に振り回されている生活

大《おお》島《しま》弓《ゆみ》子《こ》先生といったら、この国の漫画界の至宝である。

ノーベル文学賞をもらったってよいのでは？　ぐらいの。

70年代に活躍した「花の24年組」の中の一人だ。あの時期に少女漫画は完成してしまった。そのあとはただなぞっているだけだ。私もなぞっている一人だ。

『キャットニップ』は、その大島先生と猫たちのエッセイである。

「うちには12匹の猫がいます」

と、冒頭1ページ目から度肝を抜かれる。

フツーはそんなに飼わないし、飼えないし、そんなに飼ってる人はき

大島先生の住む街には2日に1ぺんは行くのにお顔を知らないのでわからない
ああ模写するだけでドキドキする。

っと変わっているから私は近づかない。

でも大島先生だから、読んじゃう。

大島先生という存在は、後進の漫画家にとっては、ほぼ神です。

さてさて2ページ目を読むと。――（タマの）緑色の目がとび出し、大きな目になり、全体に白色で、それを手でこすったのか表面の膜が破れ、液体が流れ出ていました――。


……………

……………


愛猫家《あいびょうか》ならその場で気を失ってしまいそうなエピソードである。もちろんタマは治療と介護の甲斐《かい》あって元気になったそうで……ホッ……と息つく間もなく、次から次へと吐いたり倒れたり亡くなったりしていく。

12匹ってそういうこと。我が家にも以前3匹いたがホント、手一杯だったもの。

12匹のほかにも、外猫の世話までしている。エサをあげたり、寒い季節は寝床をつくってあげたり、病気やケガの心配もうちの猫と同じようにしている。

献身的な母性愛がサクレツしている。そして……。

猫を愛しすぎてヘンな発言をしてしまいそうな自分と他者との温度差も冷静に描いてしまわれる……スゴイ。が、大島先生だから、当然な気もする。

「あんたが長寿を全うしてわたしに看《み》取らせてくれるのだったらウチの子になって」とクロを拾った時の大島先生は、ご自身が命の危機に瀕《ひん》していた時期だった。13年後、クロは死ぬ前に正座して——「いよいよおわかれです——と言っていたのだろうか」と大島先生は思う。

猫の命がキラキラしている。

『キャットニップ 1.』
大島弓子［著］
小学館

Satoru's Bookshelf　さとるの本棚

ハッピネス＆ビューティ編

男の子の子育て法で、夫にイラッとしなくなる

夫のキムさんと、2匹の猫と暮らしている槇村です。

本屋さんでふと目にしたこの本、『男の子の本当に響く叱り方ほめ方』。

パラパラと流し読みしていたら……。

「男の子は戦います！　男の子は棒を拾います！　男の子は棒を振り回します！　男の子は高いところに上がります！　男の子は光線が出ます！　男の子は飛べます！　男の子は合体できます！　～つづく～　決して遊びではありません。本気です。いや本気以上、仕事です。ヒーローです。ドリーマーなのです」とあり。もう大笑い。うちのキムさんだ……と思い、買いました。

この馬券が当たったら…♡
男の子はドリーマー
・・・・・
死ねっ!!
いつも何かと闘っています
・・・・
え?!
ナベ?!
今・ここしかない
朝食べたいと言ったろう
・・・・
エヘン
おだててナンボ

著者は、元男性保育士の小崎《こざき》恭弘《やすひろ》さん。３人の男の子の父でもある「男の子の育て方のプロ」。女性視点の子育てものとも、教育視点のものともちがう。活き活きと走りまわる男の子たちの世界が活写されています。

「男の子って、よくわからない〜っ」というお母さんのために解説されています。

そして、男の子をがみがみ叱らないで済む方法も。

いわく――

「〝死なきゃいいか〟ぐらいの気持ちで腹をくくって」

「隣室からいやな音がしても見に行かない」（笑える）

「ゴール設定は低く」

「煮つまったら距離をとる」

「シンプルに叱る」（あれこれ言ってもわけがわからない）

繊細な人の仕事がうまくいく
ファッションのルール

四六判ソフトカバー●1,760円

アズ直子 長友妙子

「きつい」「かゆい」「重い」etc.……
仕事に集中できない！にさようなら。

アスペルガーの当事者で、感覚過敏に悩んできたアズ直子が、偶然出会ったスタイリスト・長友妙子。彼女からの的確なアドバイスや、ガチの問答を通して「ラクで美しくいられる」「大切な仕事に集中できる」そんなファッションに開眼！ マインドセットに始まり、ファッションは「自分に関係ない」「心や身体が傷つく」ものではなく、むしろ「仕事を後押ししてくれるもの」、と思えるようになるまでの実録。繊細目線の厳選アイテム紹介コーナーも！

モモ語録
～自己肯定感がアガる魔法の言葉～

A5判変型ソフトカバー●1,870円 **川上桃子**

リアルにファンに支持された、
カリスマインスタグラマーによる勇気が出る言葉集。

ライター、インスタグラマーとして活躍する著者のオンラインサロンは常に予約待ち状態。本著は、モモラー（＝著者のファンの方）さんの間で「神」「教祖様」「ジャパニーズ マザー・テレサ」と称えられる著者がインスタのストーリーズで行ったお悩み相談の回答で、モモラーさんがリアルにスクショし、お守り代わりに持っている言葉を1冊にまとめた珠玉の言葉集。「どうして私は幸せじゃないんだろう?」どん底から這い上がった著者ならではのアドバイスが、あなたの心を温かく包みます。

お問い合わせ：光文社ノンフィクション編集部 tel.03-5395-8172 non@kobunsha.com
商品が店頭にない場合は、書店にご注文ください。 ※表示価格は税込価格です。

修二と彰『青春アミーゴ』はじめSMAP、嵐、MISIA、乃木坂46など
数々のヒット曲メーカー・Shusuiが原案
プロデュースしたファンタジー絵本。

Shusui／原案
佐々木一聡／絵
RUI／文

ちゅらうみのサンゴ

木村佳乃推薦！

B4変型ハードカバー●1,650円

美しい海によみがえらせる「サンゴのふりかけ」を一緒に探しに行こう!

3姉妹と一匹の猫が美しい海を蘇らせるために冒険の旅へ出かけます。
原作者の小杉周水がこの作品のために新曲制作。親子で曲を聴きながらページをめくっていただくのもよし、曲と一緒に歌ったり踊ったり楽しんでください。環境問題や地球、命、思いやりについて、親子で考えるきっかけになっていただきたい作品です。

「ごめんね育児」をやめてみたら、肩の力を抜けるようになりました

四六判ソフトカバー●1,320円

あらいぴろよ
【監修】泉 秀生

「肩の力を抜くって、どうやって？」という疑問を専門家たちの知見で解消！

肩の力を抜くために必要不可欠なのは、「越えてはいけないライン」を知ること。言い換えれば「ここまでなら手抜きしてOKというボーダーライン」。本書では、小児科医、保育士、栄養士、研究者に聞いた具体的なボーダーラインを月齢ごとにまとめました。「〇〇しちゃって／できなくてごめんね」と

罪悪感を抱えちゃうのは頑張りすぎのサイン。頑張りすぎちゃうあなたと、頑張り屋のパートナーがいるあなたへ贈る、肩の力の抜き方マニュアル。

星を見上げて 歩き続けて

柏木由紀子

四六判ソフトカバー●1,760円

スペシャル対談
ゲスト 黒柳徹子

1985年、JAL123便の墜落事故。
絶望から、幸せの星を再び見つけるまで。

最愛の夫・無二のアーティスト坂本九の突然の事故死。「数字がつけられるなら100%」そんな幸せな暮らしから一転、慟哭と茫然自失の日々。それでも、周囲の人々の愛を受けながら立ち上がった著者。現在はライブ活動や、料理、バラづくりなど、ポジティブにチャレンジし続ける姿がブログや雑誌などを通じて多くの女性に元気を与えている。どんな絶望の淵からでも、また笑顔になれる……勇気をくれる一冊。

一生ものの、眉の教科書。

眉の本

レイナ

A5判ソフトカバー●1,870円

眉は、生命力。
眉が変われば、人生が変わる!

「『BeauTV VOCE』や女性誌にたびたび登場、その人だけの魅力を見きわめ、引き出すメイクに定評があるレイナが、「眉」のすべてをあなたに惜しみなく伝えます。マスク必須のいまの時代、眉とアイゾーンの表情はますます大切に。眉は、「何度習ってもうまくいかない」という声も多いけれど、守れば必ず美しくなれる黄金ルールがあるんです。本音のQ&Aも必見です。簡単にアクセスできるYouTube動画もご用意しました!

光文社ノンフィクション編集部の好評既刊

写真／吉澤健太

石井美保の
Beauty Soup
美肌をつくる極上レシピ

石井美保 A5判ソフトカバー●1,650円

大人気の美容家・石井美保が ずっと食べ続けてきたのは、スープでした。

ビューティサロンで現場に立ちつつ、メディアでの活躍もめざましい著者が多忙な中、美容のために続けているセルフケアのひとつが「スープ生活」。
肌のハリ・ツヤがアップし、むくみや疲れがとれ、たくさん食べてもやせ体質になれる…etc. SNSでも反響の大きかった日々のレパートリーを、レシピ化して大公開。
韓医学専門家、フレンチシェフ、管理栄養士らとの対談も交えた初のレシピ本です。

SNSでも反響の大きかったレパートリーをレシピ化して大公開!

読めば読む程、男の人、つまり夫や恋人とのつき合い方に、そのまま使えます。ね。

はぁ〜男の子供というのは、なる程このように大変なのか、世のお母ちゃんたちは、本当にエライ、と思いました。

そして、大変だけれども、やっぱり男の子ってかわいいっと思う私もいるのです。

この本を読んでから夫との間に「んん!!」という瞬間があっても、「ああ、今、ヒーローなのね」「ああ、今朝言ってたことは、もう昔のことだよね」などなど……と想像することができて、ムカッとかイラッとかすることが激減。

よくわからなくって、めんどうで、しかし愛しい「男の子」のことを知っておくには、とても有効。生活の幸せ度が上がること間違いナシ。

『男の子の本当に響く叱り方ほめ方』
小﨑恭弘［著］
すばる舎

Satoru's Bookshelf

さとるの本棚

ハッピネス＆ビューティ編

女性として、小さな幸せにホッとする

うわ～～こんなことが本当に‼　とゾクゾクするノンフィクションや、「ああ、これを実行してみよう」という実用書。「勇気出るわ～～」と思う啓蒙書や心理学の本。そんなのばっかりの私の本棚には異色（？）のエッセイ本です。

な～んだか大切にしたい本。

よしもとばななさんの『小さな幸せ46こ』です。

「好きなときに読んで、ちょっと和んでほしい本です」とあとがきにあります。

すごいなァーー。

柚子王子

私も漫画という手法を使って、何かを描くという仕事をしている者なので、「ちょっと和んでいってください」と言えちゃうばななさんのプ口具合に憧れてしまう。

　このゆったりした感じ、どこも硬くなく、ほっこり陽に当たったお座ぶとんのような佇《たたず》まい。いいわあん。

「私にはどうも、女性としてなにか決定的に欠けているものがあるみたいだ。昔からうすうす気づいてはいた」と切り口はあくまでも鋭い。

「性欲がないというわけでもなく、恋愛嫌いでもなく」と際どい話題でも、あくまで静かに取り扱う。

「ただ、もう相手も決まって生殖も終わったのになんでまだ男のことなんかで悩まなくちゃいけないんだ、という気持ちだけがここにしっかりとあるのだった」

　ここにしっかりとある気持ちを描くところがばななさんのすごいとこ

ろで、うっとりぽわわ〜〜んとしてしまうところ。

どんな人間の中にも、日々気持ちはあって、出来事や人に出会って、何かを感じて生きているけれど、あんまり気持ちに焦点をあてていない。気持ちを眺めて、「これ何だろう?」と考えているヒマがない。能力もない。

大体は（私の場合は）気分や感情にドップリとのみこまれてしまって、アップアップして焦ってるだけだ。

その気持ちは小さな幸せかもよ？　とこの本は気づかせてくれる。

「そんな色気のない私は（中略）お顔立ちも高貴な、王子様のような人」と出会ったとき……。

その気持ちをきめ細かく描いて、ちょっとだけひっくり返してくれる。

ぽわわ〜〜ん。

『小さな幸せ 46 こ』
よしもとばなな［著］
中央公論新社

男たちの〝くだらない〟モテ論が愛おしい

数年前、『夢をかなえるゾウ』という不思議で面白い本を読みました。何ひとつサエたところのない男の部屋に図々しい〝ゾウ〟（名前はガネーシャ）がやって来て男を啓蒙《けいもう》しまくり、男は「ンなわけねーだろ」と思いながらも少しずつ現実社会に踏み出してゆくという物語。大笑いしながら読んで最後に泣きました、私。ソファで一気読みだったので腰にきちゃった、という想い出つき。

その作者水野《みずの》敬也《けいや》さんが今度はゾウならぬ「恋愛体育教師・水野愛也」（ホストかいな!?）に変身し、モテたい男のための恋愛マニュアルを書きました。

荷物を持つように言われたら、
平身低頭で応えること。
……と色々おかしい例がつづく…(笑)

男性向けのモテの奥義って……大いにとまどった私でしたが冒頭の1行を読んでみると……。

「結論から言うと、今からお前をトム・クルーズよりモテる男に育て上げることになる」——ときた。大笑いしたときには、もう私はおとされたってコトでしょうかね。買いました。

全くもう、男はマジで一生こんな「少年ジャンプ」みたいな世界で生きるのネ。

くり出されるモテ理論の数々……「うわっつらKINDNESS理論」「大変じゃない？　理論」などなどは、確かにそのとおりだが、こんなことでホントにモテるのか？　と思っているうちに、大笑いしすぎて、段々、「そうかも、こんな男子いたら、嬉しいかも」と納得しちゃう面白い力がある。

こんなに懸命に心を（？　うわっつらでも？）くだいて頂いて、イヤな気がする女なんていないかもね。数々のあやしい理論に添付されているヘン？　なグラフや図や写真も楽しいっス。

女としては、「くだらない……」とどこかで思いながらも、グッとくるのは、なぜでしょう？　そうまでして女性とおつきあいしたいと思ってくれる男性を、好ましく愛おしく思うからです。大好きだからです。〝男〟として頑張りたい！　という人を前にすると、こっちは自動的に女になれるから。

元気な男子バンザイ！

ラストはまた、泣きました。

『ＬＯＶＥ理論（新装版）』
水野敬也［著］
文響社

今は家の中で、台所が一番好き！

基本的にはキム氏と2人暮らし、の槇村さとるです。

しかし仕事に入るとアシスタントたちが増え、4〜5人分の食事の時もある。キム氏もアシスタントも台所を使う。

家事をやる主たる婦人となってから50年超。漫画家になってからおよそ50年。ずうっと台所の改良に真っ向からとりくんできたつもりではある。

「何となく使いづらい」と感じると配置換えをしたり、新しいツールに買い換えたり……台所しごとは終わりのない闘いだと覚悟していた。が……ついに、ついにゴールの光が見えてきましたぞ!!

超バリ使いやすくなった台所に愛がむくむくわいてきてみがきまくる毎日。
重曹使いもはじめました。
手が荒れなくて楽。

『考えない台所』高木《たかぎ》ゑみ著。「台所しごとにセンスは必要ない」と言い切ってくれます。うわあ～頼もしい。
「何となく手くせ」でやっていた台所しごとの「正しい段取り」の解説に特化した本。書店にゆけばお料理のレシピ本はうなるようにありますが、この手のプロの考え方を素人に伝える本はありませんでした。

これを読んで、私は根本的にまちがっていたコトに気づきました。私は「私の台所を、他人でも使えるように工夫しよう」と頑張っていたのです。

しかし、ここをお店の厨房《ちゆうぼう》だと考えを改めることにしました。そうしたら、だれが立ってもストレスなく、最短の歩数で、簡単においしくつくれるのだ！　と。

この本には、台所しごとのプロが教える「コツのコツ」が満載です。

自分の献立を客観的に見る方法。買い物に行く時のメモの書き方。野菜を切るタイミング。自分の味の決め方。ツールの配置。冷蔵庫内のコントロール……。

全てがシステマチックで、超クール。ドスンと納得。さっそくできるコトを片っぱしから導入……。

結果は、「気持ちい〜い」です。台所の憂鬱がオールクリア。さわやか。今は家の中で台所が一番好き♡　毎日毎食の献立を考える時のあの「焦り」が消え、ゆとりすら出てきました。

初心者よりも、ある程度台所を繰り回してきた人にこそオススメ！

『考えない台所』
高木ゑみ［著］
サンクチュアリ出版

家族という幻想から目覚め、大人になる

何年か前、母親が生活保護を受けていたお笑いタレントさんが大バッシングを受けるという事件があった。それを受けて、女性の議員さんが「親のめんどうは子供が見るのが当然」という意味の発言をした。

その言葉を聞いて、私はあきれた。がっかりもした。親子という間柄であっても人間として合わない、相性が悪い、信じられない、なんて関係はごろごろしているのに。

女性議員さんの頭の中は、お金がないこの国のおサイフ事情をどうやりくりしようか……ということで、いっぱいだったのかもしれない。国ではめんどう見切れませんから、みなさん家族で、どうぞヨロシクーっ

胎内記憶を研究する
池川明先生によると
『子供は親を選んで来る。』
『使命は
お母さんを
幸せにすること』
だそうです。
うちはうまくはいかなかったけれど
一瞬でも母は幸せだったかしら……。

ということだったのかもしれない。

そりゃあ、うまくいっている親子ならば、自然な感情のまま大切に守ってあげたかったよ、私だって！


……で、下重《しもじゅう》暁《あき》子《こ》さんの『家族という病』を読んだ時には、「そう、そう、そうなんです!!」とヒザを打ってしまいました。

「自分は親を知っているか？　どんな人間でどんな感情で生きていた人間なのか、ほんとうはみんな知らないのではないか？」「確かめぬうちに別れてしまうのではないか」という問いから始まる。

「家族団欒《だんらん》の名の下に、お互いが、よく知ったふりをし、愛し合っていると思い込む。何でも許せる美しい空間……。そこでは個は埋没し、家族という巨大な生き物と化す」

「家族団欒という幻想ではなく、一人ひとりの個人をとり戻すことが、ほんとうの家族を知る近道ではないのか」

うん、うん、うんッ！

歯に衣《きぬ》着せぬ下重さんの文章は過激すぎると感じる人もいるかもしれないが、言っていることはしごくまともである。

これを聞き入れにくいと感じる人は幻想の中に生きているのかもしれない。

うちの場合は親とはとうに切れた。きょうだいとも最近もめた。きょうだいだから助けたいという感情もあったが、度を越して甘えてこられてNOと言った。

とてもスッキリとした。

私たちは大人なのだと思った。

『家族という病』
下重暁子［著］
幻冬舎

Chapter

3

ライフステージと仕事のおはなし

#1

グラデーションのある生活

私が愛用しているスケジュール帳『r.ido（リド）』は、7㎝×12㎝の細長い蛇腹に折りたたまれたもの。重さは15gぽっち。値段も300円ほど。見開きひと月で縦に日、横に時間。それきりのそっけなさ。大車輪で生きている人から見たらちょっとあきれるくらいスースーしているスケジュール帳である。でも十分。丁度いい。もう10年以上使っている。

40を過ぎたあたりから時間のやりくりを考え出した。もう、無理無茶無駄はしない、という方針に変え、一日の中であれもこれもやろうなんて野心は捨てた。一番大切なことをひとつやれたら良しとしよう、というゆるいタイムスケジュールだ。

結婚したこともあり、キム氏と一緒の時間を取って、仕事の時間を午前中にまとめたり、それまでの勝手きままな生き方にメリハリがついて、効率がよくなったりして、夫しばり

服は「主人公が着るもの」でした
雑誌は資料
ちがうっ自分で着るんだ！
DCブランド
インポートとの出会い
12cmヒール
不安は大きいけど楽しみも大きい
も一何やってんだかわかんない
多少具合いが悪くてもリカバリーも早いし。平気さ。
なんかね死ぬなんて思ってないよね
あれー？なんでころぶ？
気持ちはまだ走ってる
着物きるとおちつく
さあ何食べる？何着る？なにする？
ババア化〜〜？！

がかえってうまく回るものだと悦に入ったりしていた。のだが……。そんな日々のあちこちで、コテッとつまずくようになったのはいつからだろう……と思い返すと「50歳のアノ日」ではなかったか？

　取材の仕事で自宅から恵比寿《えびす》に向かっていた途中の新宿駅のコンコースで、突然全身から力が抜け、立っているのも無理かもッという事態になった。初めての体感にとまどい「死ぬ……？　って……こういうこと？」ととっさに感じた。疲れていたのは確かだけれど、こんなことはそれまでなかった。脂汗をかきながら「大丈夫」と言い聞かせつつ一歩ずつ足許を確かめながら歩くと、歩けた。そのままそろそろと仕事先へ向かい、取材をした。

　後日、その時の写真が上がってきて、ひっくり返りそうになった。そこに写っていたのは、気の抜けた（？）魂の抜けた（？）小さいおばあちゃん!!　だった。未来の自分の姿をはじめて見た気がした。

そのあとしばらくは何事もなく激しく仕事をしていたが、ポツポツと体のあちこちに不調が出はじめ、手術したり、点滴したりとポスト更年期をすごしてきた。

仕事を持っている身に起こる加齢は、なかなかしんどい。思うようにいかないのは当然なのに、それを許せない。自分の頑張れなさが情けないのね。見栄を張ることもできず、体の言うままの生活は著しく自尊心を傷つけます。

だとしても、日々の暮らしと仕事は続きます。

原稿を落とすことだけはイヤ（見栄）な私は前倒しで仕事をすることにしたのだが、あまりにも前倒ししすぎて、今描いている原稿はいつ載るのかも不明気味な時もありました。が、先日1年ぶりに締切に追いつかれてしまって久々にいわゆる修羅場となったのでした（といっても1日くらいです）。

担当者が取りに来るまであと○時間！　仕事場でいつも観ているワイドショーの内容が

な〜んかモタモタしている。進まない。行ったり来たりしている。ハッと思った。自分の時間が（こっちの勝手な事情で）濃くなってしまっていて、TVの中の時間がのろ〜く感じるのだ。久しぶりだった。

体調が悪すぎる時はもう、そのことに全身をのっとられてしまって、何も感じたり考えたりすることもできなかった。それを思い出すと、こうやって濃い時間とウス〜イ時間のグラデーションのある生活はよい生活だなアと思う。

若い時から眠るコトが大好きだった私だが、何もできずにただ時間をやりすごす一日の眠りはうれしくも幸せでもなかった。働いて、疲れて、泥のように眠るコトが大好きだったのだ。

何かに夢中な、濃い時間。これがキーワードかもしれない。

漫画の原稿を描く前段階で「ネーム」と呼ばれる絵コンテを描く。これが一番大変な仕事で、アイディアを出したり、考えたり、こねくり回したり。頭が煮えそうになったり、頭が便秘みたいになるのだが、筆が止まってしまったらサッサと家事をすることにしている。ほんの10分くらいでできることを探して……。流しをクレンザーでみがいてみたりし、冷蔵庫の野菜室をふいてみたり……。気分がスッキリして、もう一度ネームに挑むか！という気になる。

仕事も進むし、部屋もきれいになるし、ミルフィーユネーム法。

何事も疲れる前にやめるのがコツ！

#2

ポカンとするほど あっけなく

陽射しが強くなってきました。春です。

子供の独立を迎えた方もたくさんいらっしゃると思います。お疲れ様でした。「ひとまずのさようなら」ですね。

私自身は子供の頃、サクサクと家を出た人間なので、若い人には「どんどん独立、家を出よう！」とけしかけてきました。とっとと出ていかれてしまう親の気持ちなど考えたこともなかったのです。

——が。

２０１４年は長い期間にわたって、大事な人との別れの緊張と戦ってすごしました。ちょっとした親気分でした。

とても長い間、アシスタントとして私を支えてくれていた女性が独立を決心し、漫画の仕事をきっぱり終わらせて、新しい道に進むことを決めたのです。

さよならだけが人生だけど
また会えることもある
老けたねっ
大きくなったね卒業おめでとう
いやー自分ちの子供は仲々育たない……
なぜへ。
え〜〜困る〜〜(泣)
転勤っス
ありがとう

春のキッチンで、そのことを打ち明けられた時は、頭の中が真っ白になりました。
「あなたがいなきゃ本当に困る」「あなたがいなきゃ淋しくてしかたない」「あなたのことが好きなんだけど……」と、頭の中はイヤイヤ一色。でしたが、それは口にしてはいけないことなのはわかっていました。

「彼女が決めたこと」と「私の事情」はそれぞれ別のことです。伝える必要もないし、長い時間一緒に働いていた彼女は、重々《じゅうじゅう》わかっていたでしょう。しかし、優先すべきなのは、自分の人生です。「いよいよお別れなのだ」と、私は自分に言い聞かせつづけました。

彼女の配慮で、後に入ってくれる人が慣れるまでいてくれることになりました。彼女は、後輩に色々な技術や私のクセやこの仕事の流儀を伝えながら、自分自身の就活、スキルの習得もやりながら、大車輪で夏中働いてくれました。

「いなくなってしまうことがわかっている一緒にすごす時間」は濃くて、甘酸っぱいのでした。山口百恵《やまぐちももえ》さんの「秋桜《コスモス》」という歌みたいな……お母さんと娘みたいな……。「ずっと一緒に生きる」と思っていた時には色々調子を見ながら、調節しながらしていた発言も、「もう、あまり時間がない」となるとタガがはずれるのか、思いきって言っておこうという気持ちになります。

ええ、面と向かって……。あなたの良い所。ヘンな所。ヘンだけどとても助かっていたコト。感謝。などなど……。

これまで、私の性格上いきなりの決裂が多い人生でしたが、そうではない、覚悟と合意の別れ（とその期間）は、しみじみ考えることができて、悲しいような嬉しいような心持ちを味わうことができました。

秋には、彼女は無事新しい人生に船出してゆきました。

そして冬。

12年間飼っていた猫のモモが老衰でスウッと死にました。

クリスマスには普通にすごしていたのに、お正月明けにガクッときて。「え⁉　死んじゃうの⁉」とあわててから、たったの10日ぐらいのことでした。

ポカンとするほどあっけなく。

モモはおだやかな性格で自己主張も少なくやさしい猫でしたが、死ぬ時も自己主張も少なく……アッサリ。「生き様が死に様なのね」とキム氏もポカンとした感じでした。

別れにイヤイヤをしてもしかたありません。会っている時に一緒に何をしたか。のみです。

また春が来ます。

新しい仕事仲間と苦しい時間も楽しい時間もすごしています。

しばらくしたら、ふと新しい猫を迎えようかという気も起きるかもしれません。

さようなら。そして、こんにちは。

#3

めざせ〝開運のルックス〟

良い時期であろうと、辛い時期であろうと、年の瀬に来年用の手帳やカレンダーを揃えるのは楽しいものです。バタバタした現実は、それはそれとして、心が一瞬すっきりします。

私がずっと使っているスケジュール帳は、『ｒｉｄｏ（リド）』という一枚ペラのカレンダーを蛇腹に折りたたんだものです。「伊東屋」という文房具屋さんにしかなく、毎年早めに買います。

カレンダーの定番は瀬戸内《せとうち》寂聴《じゃくちょう》先生の『日めくり暦』と、猫の写真満載の猫めくりもの。それに今年は、松岡《まつおか》修造《しゅうぞう》さんのカレンダー『日めくり　まいにち、修造！』をプラス。毎日、修造さんが熱い応援メッセージを送ってくれます……。「ああ、どれだけ疲れているんだよー」と自分で突っ込みたいです。

キム氏と一緒に歩いていると
ダッ
なぜ？
キ
縁起の悪い人が向うから来た
ハッ……って
またある時は
この女優さんニンシンする！
はあ?!
花がパアッと開いた感じになるらしい
けっこう当ると思う
タンゴの女王モーラ・ゴドイさんのライブを観た！
好き！

もうひとつ忘れてならないのが、運勢もの。石井《いしい》ゆかりさんのホロスコープものとユミリー風水は、もう、自動的に買います。来年の運勢をさらっと見渡し、ラッキーカラーやラッキーグッズなどがあれば、素直に揃えてみたりして……（泣けてきた）。

そんな年末の昨日、TVを観ていたキム氏が「この女性は典型的な冷え性！」とのたまった。

キム氏は、たびたびこういうことを言うのです。一体どうしてそんなことがわかるのか？「どこを見てそう判断するのですか？」と聞いてみましたら、「口とか目とかが緩んで下がっている」「ははは～～ん」。

キム氏は、若き日に人相見の仕事をしていたこともあるそうです。うわ～あやしい～っ。人相見があやしいのではなく、〝人相見のキムさん〟があやしすぎます～（大笑い）。たくさんの人の顔つきを見つづけ、体についての勉強をしつづけた末にこんな人に相成《あいな》ったのだと思われますが……。

「あ、この人もう2、3年しかもたない」とか、「あなた、彼氏をシリに敷いて主導権を取るタイプでしょう？」とか、「あ、妊娠しそう、この人」とかとか……。

　隣で聞いているとヒヤリとすることが多々あるのですが、言うタイミングとパワーが絶妙なので、大体言われた人は大笑いして、「なんでわかるんですかー⁉」と言ってくれて彼はご満悦です。

　さて、くだんのＴＶの冷え性の女性ですが、彼女は〝変身コーナー〟の出演者でした。この変身コーナー、私とキムさん2人の大好物コーナー。ふだん忙しすぎてオシャレなんかにかまっていられない女性やパパやご一家が、プロのヘアメイクアーチストやスタイリストの手にかかって、あ〜らステキ！　わ〜別人だあ〜ッというコーナー。

　オシャレのしかたなど忘れてしまったご婦人。女性らしさがわからなくなった女性。カジュアル一辺倒でスポーツ・ズボラファッションになってしまったママ。そんな出演者たちが、変身後はキラキラしているのです。

当然、プロ集団の仕事ですし、TV用の照明もカメラも最高にキレイに見えるように「つくられて」いるのですが、彼女たちの嬉しさやワクワク感が、何よりも変身のヒケツなのだと思います。

「女性は、ヘアとメイクと洋服とヒール靴でホントに変身できて、いいわねー」とキム氏。

「男の人はとにかくヘアスタイルだね！」と私。

地味で暗めで無難な服しか着なかった女性が、華やかでゆったりして、幸運を呼び込みそうな人相？　に変わったのを見るのは、楽しい。

人の変身を見て、やいのやいの言っているだけでなく、自分も開運のルックスに改造したほうが良いですよね？　まずは、姿勢とスマイル。かな⁉

#4 より良く生きようとする女性が好き

いつの頃からか自分の歳がよくわからなくなっていて、「55歳」を2年間やってたこともあります。1年早トチリしておりましたの……。つい先日、私と似たような年頃のキャリア女性も同じようなことを言っていたのを聞いて、私だけじゃないのねーと笑いました。

まさか、こんな59歳になるとはね……。というのが感想です。

自分自身の成熟度の低さにうんざりしますが、日本の女性を取りまく環境の劣悪さが、何十年たっても改善されないことにため息が出ます。

私が育った時代は、高度成長期に入った時期。どんな国にも、たった一度だけ与えられる「人口ボーナス」の時期でした。それは、これから人口が増え、働ける人の数も増え、カップルが増え、大消費時代が来るーという希望のシーズンでした。

戦争と貧乏の時代には女性の価値は人以下に落ちます。

平和で裕福な時代だからこそ、女性の権利を求める数々の運動が起こりました。

思春期の私はフェミニズムの風を胸に一杯吸い込んで育ちました。

両親の離婚と父親からの性的虐待を生きぬいてきた子供だった私は、自分に何の自信も持てず、感情にフタをしてしまい、人間関係音痴となり、性的にも迷走してしまいましたが、漫画を描きながら自分を発見し、修復し、再生することができました。家父長制をうらみ、無知と野蛮を憎み、男をニラみつけ、大声で自立を叫んでいたように思います。

女性が、女性というだけで犠牲にならないように。当たり前の自由と、当たり前の意見

槇村です
体力も気力も夏に負けそうです
足りないモノを
数えても
仕方ないし……
しみじみ見る。
こんなのあった…
クローゼットの話ですか
幸せにフォーカスする!!

を持って生きていけるように。「これ……漫画というよりはお説教……？」と一部の方々には言われておりましたが……ふふ……。

さて、こうして時代の流れと一緒に自分の年表を眺めてみると、「自分の意見だと信じて描いていたことが、ただの時代の風、時代の価値観だっただけじゃね⁉」と気づいたりして、ちょっと笑える。

ともあれ、その時代の要請にそって作品を描き、それが受け入れられた槇村さとるという漫画家は、ラッキーだったとしか言いようがありません。

ありがたいことです。

私は、よりよく生きようとする女性がいつだって好きで、「変わりたい」と思う女性が読者としていてくれる限り「描ける」と思いこんでいる漫画描きです。

東日本大震災の原発事故で、今までよくは解らなかった「モヤモヤした感じ」が、次々と白日の下にさらされました。ごまかしだらけの脆弱《ぜいじゃく》なシステムの上に、のん気に暮らしていた自分のオロかさに愕然《がくぜん》としました。

NYの9・11の映像を見た時に「戦争だ！」と直感的に思いましたが、震災からの日々も「戦争だ」と感じました。

もう、本当のことしか知りたくありません。

もう、信頼できない人の言うことは聞きたくありません。と決めたのに……。

ここに来てまたキナくさくありませんか？　もしもし、おじいさんたち、何をする気ですか？

戦争ですか？

私はイヤですよ！

隣に生きている人を疑い、密告したり、されたり、自分の想いを口にすることもできない不信の世界が、私の戦争イメージです。

過去に学ばないおじいさんたちの言うままにはさせません。

誇大妄想につき合う趣味はありませぬ。

女性ばかりが割りを食うシステムをつづけてゆく限り、子供は増えず、近い将来、この国は消えてしまうでしょう。

あ～あ残念。けっこう良いところも多い国だったのにネ。と、あきらめかけていたら、この頃は男の人たちも過重な労働や過激な「男らしさ」に「ハテナ？」と感じる人が増えているようです。あらら。良い流れです。

若いかしこい人たち、頑張れ！　もっと大声出していいんですよ。オバチャンも応援します！「あなたたちはオバカなままでいろ」などとほざく人の意見は、聞かなくていいんです。

ああ、何だかおばあちゃんみたいなコトを言ってしまいました。って、実際おばあちゃんなのかも？　私？

「これから」について

あきらめてしまえば、Happy⁉

体も心もボロボロの55歳から生き方をシフトチェンジ

「もう、今までと同じ生き方を続けるのは絶対に無理！」。心身ともに大きなダメージを受けて、私がそう実感したのは55歳のときでした。

きっかけは、54歳で胆石の手術を受けたこと。長年、胆のうの中に抱えていた結石を除去するために、入院して手術を受けました。手術自体はスムーズに終わったので、体調のほうもすぐに回復するだろうと思っていたんです。ところが、それから何カ月たっても、体力や気力が一向に戻らない。それどころか、お腹のあちこちが原因不明の痛みに襲われて、ものがまったく食べられずに体が動かなくなっちゃって……。もともと、人一倍丈夫で体力にも自信があったので、こんなにも体がボロボロになってしまったのは生まれて初めての経験でした。

まるでエベレスト登山をしているみたいに、呼吸が苦しく、体もフラフラ。まさに人生最悪の体調でしたけど、締切りはまったナシ。そんな自分にムチ打って、

55歳は
新厄年♡
槇村さとるの場合
55才は
人生のエベレスト期
危険だから
注意してねら
体力も
精神力も
エネルギーも
ダウン!
私の場合
はっきり「病気」が
出てきたし
ウツけるし
病気が治っても
調子が戻らず
意欲がわかないのが
一番辛かった
意地と見栄で
原稿は描いたけど
それ以外の日は
一日にやった仕事が
猫のエサやりのみ
……という毎日
これで
「生きている」と
言えるだろうか
?!
夫・インタビュー
「彼女が死ぬ」
とは思いません
でしたね。
でも
思い出すのも
イヤな
辛い時期でした
女性ホルモンを
補充し
カーブスに
一年で220日も通い
筋肉をつけ
……
もう必死だよね
そんなある日
知りあいにさそわれ
社交ダンスの
発表会に行くと
そこには……
マキムラさん
こっちこっち
大沼先生
信じられない
光景が!!
お姐さん方が
乱れ踊る!
ファンシー♡
光と音の
ウズ!!
楽しそうで
輝いてて…
泣けた。

「仕事だけはしなきゃ！」と、必死に漫画を描き続けていたら、今度は心までがボロボロに。気がついたときにはすっかりウツの状態で、55歳の誕生日を迎えた頃には、毎朝、目が覚めて一番に思いつく言葉が「死にたい……」になっていたんです。

　このままでは超マズイ！　なんとか自分自身を立て直さねばと思い立ったのが50代後半のこと。まずは、きちんと検査して、お腹の痛みの原因がストレス性の十二指腸潰瘍と胃潰瘍によるものとわかり、適切な治療を受けたことで痛みは消えていきました。さらに、婦人科でも検査をしたところ、女性ホルモン数値がなんとほぼゼロ！　それまでずっと自分を守ってくれていた女性ホルモンがゼロですからね。そりゃあ、心身ともにボロボロになっても当たり前ということで、ホルモン補充療法も始めました。ホルモン補充療法には賛否両論ありますが、その効果たるや絶大！　ホルモン剤を飲み始めた翌日にはすでに気分が軽くなり、1週間後には生きる気力も湧いてきて、仕事を続けるうえでも趣味を楽しむうえでも、今の私には欠かせません。

同時に、基礎体力の底上げもしようと、カーブスに入会。56歳から58歳までの2年間、平日はほぼ毎日通って軽い筋トレを続けたおかげで、ようやく自分らしい体調を取り戻すことができました。ストレスを溜め込んで再び胃潰瘍やウツにならないよう、仕事の量も大幅に減らしましたね。それまでは2本同時に抱えていた連載を1本に絞り、時間的、精神的にゆとりのある生活にシフトしていったことで、毎日が再び楽しく感じられるようになりました。

「無理」「無茶」を避けて、60代は毎日がハッピーに

振り返ってみると、人生最大のピンチに襲われた55歳の頃の私は、「無理」や「無茶」を重ねすぎていたんです。50代も半ばになれば、だれでも肉体が衰えていくのは自然の流れです。脳ミソのメモリー容量もどんどん減っていくわけですから、一度にひとつのことをこなすので精一杯。なのに、「あれもこれも」と頑張りすぎていたせいで、心身ともにつまずいてしまったんですね。

そんな生活を反省し、60代からは、すべてに関し「あきらめること」を自分に許そうと決めました。仕事もプライベートもパーフェクトは目指さない。今までできていたことができなくなっても気にしない。苦手なこと、嫌いなことは人に任せてしまえばOK——そんなふうに肩の力を抜いて考えて、今の自分が心底夢中になれるものだけに集中して力を注いでいくような生き方に変えました。「あれもこれも」ができなくなる年齢なので、自分をラクにするために要らなくなったものはどんどん捨てていったほうがいい。でも、その一方で、若さや体力などイヤでも失っていくものが多い年齢だからこそ、何かに夢中になったり新たなチャレンジをすることが大切です。それが、今後の自分の人生をハッピーにしてくれる大きな原動力になってくれますからね。

私の場合、目下夢中になっているのは59歳のときから始めた社交ダンスです。「ここで自分の人生は終わりかも」と感じた55歳のときに、「やり残したことは何だろう?」って、ふと考えた。そのときに浮かんだのが〝踊ること〟でした。実は、幼い頃から、私はダンサーになりたかったんですよ。もちろん、漫画家にな

新ババア世界
もうやりたくないことはやらん
むくっ
老化に抗う気もないし
すすんで老けこむ気もさらさらない。
そんなのどっちでもいーし
どうでも
したいことをする
今着たい服を今着る。
会いたい人にだけあう
腹をくくれば簡単よ
バラ色の日々
タンゴ踊ってます!
ミヤジマヒデユキ先生
50代60代と面白さが加速!!
本文とは関係ありません。

ったことはまったく後悔はしていませんが、「もはや残された時間は限られている。生きているうちに、やっぱり自分自身で踊らなきゃ！」と思って、レッスンを始めることに決めました。

　社交ダンスはいいですよ～。7㎝のヒールを履き、華やかなドレスを着て、イケメンの先生にリードされてタンゴを踊るなんて、50代、60代の女性が普通に生きていたら絶対にあり得ないシーンでしょう。先生にお姫様のように扱われると、失われた女性ホルモンが再び湧き上がってくるようで。今は、1週間のうち3日間漫画を描いて、4日はダンスのレッスンやジムに通うという、以前の私からは考えられないほどゆるゆるな生活です（笑）。でも、そんなライフスタイルにシフトしたおかげで、毎日がとっても楽しい！　60代になった私が、こんなにハッピーな気分で毎日を過ごすことができているのも、50代のうちに、いい意味で「あきらめること」を自分に許したおかげだと思っています。

コロナという未曾有の事態になって

当たり前のことが当たり前でなくなったコロナ禍ぐらし。うまく適応している人も、とまどっている人も、先の見えない長いだらだらの中ウツ気味になっている人も多いと思う。

高い緊張を強いられる非常時には、心は自ずと自分の中心に向かう。自分にとって最も大切なことは何か？　誰か？　どういう時か？　関係性か？　みんな考えているだろう。

私は50年近く漫画家をやってます。この仕事はそもそも家の中でやるものであまり外出しない。子供もいないし、親族とのつきあいも薄いので、「世間」がせまい。そういう意味ではコロナの影響はあまり受けていないと思う。

その上、子供の時から自立することを大テーマとして生きてきたので座右の銘は「サバイバル」だった。

冗談ではなく、漫画家は「今年の収入見込み」なんか立たない。ひぃ〜〜〜っ。

しかし、そのおかげで若い時から「非常時がベーシック」な考え方、行動をする人生となった。

「アクシデントに強い描き方」を追究することが、イコール「非常時に強い生き方」となったのだ。

ケガや病気で倒れても半年暮らせる金額を預金しとく。に始まって死にたくなってしまった時に電話できる友人を持つ（死ぬなと言ってねと頼んどく笑）。

有限な資源（時間、体力、愛、お金）を無駄遣いしないように、嘘やテキトーやキャラブレはなくし、ひとつの自分に統合し、責任を取れる言動だけする。

コミュニケーション不全による時間のロスや人との衝突はイヤなので電話は自分で取る、スケジュールは自分で決める、メモは一冊のノートに一元化する。

頼めることは人に頼む。
すぐに謝る。すぐありがとうと発声する。すぐ質問する。もう二度と会えないかもしれないから。

健康のためにケンカ、イライラ、モヤモヤはやめとく。「ここで腹を立てたら活性酸素が発生してお肌に悪いわ」と思い出して、怒りをサラサラと流してしまう。

トライ&エラーをくり返し、そんな暮らしを築いてきたので、この非常時もあまり動揺はしなかった。ただ同居人のキム氏が手術後の回復期なので、感染対策行為はメチャプラス。

……と、私自身も立派な高齢者であることに気付くのは遅めだった。この図々しさも、立派な強さだ。苦笑。

暮らしはそんな感じで間にあうが、もっと大切なのは、自分の人生について、自分の本当の欲望を知ることだろう。

コロナ禍で考える、あなたの欲望……何ですか？

今だから考える、自分にとって大切なコト

コロナ禍のもと、生活様式は様変わりし、今まで忙しさの底にかくれていた私という人間の存在を確認したり、家族との関係や他者という人々との絆や言葉のやりとりや言外から伝わる思いや温かさ冷たさなど、眠れない夜に思います。

自分にとって大切なコト。人。時間。などを思いつく順に書き出すと、うしろの方は、もうコレ、いらないかも……と気付いたり、ハハハ。

そんな「私の大切リスト」を目の前に置き他人のようなクールな目でながめると

「ああこのリストを書いた人は（自分のコトだけど）○○が大事な人な

のだなァ」と自分を冷静に見ることができる。
「つまり、この人のねがい欲望は××したいってことだ」とわかります。

　私は50年近く漫画を描くという仕事をしています。職業的な要請として、常に、主人公の望み、欲望も抑えておかなければなりません。描くという行為の恐ろしい所は、作者の価値観や欲望が主人公を通してモロに出て、外にばれてしまうことです。

　だからホントに考えざるをえない。

　人を押しのけて、蹴落としてでも取りに行きたいものは何か？

　自分に嘘をついてでも合理化して、やらかすくだらないこと、見栄を張ったり、下品なクセをやめないのはナゼか？

　そんなホントの自分をひたかくしにして生き、自分と似た人を見つけると攻撃しまくるあさましさ。

根深い劣等感。うらはらな感情を同時に持つコンプレックス。引きさかれる葛藤。すぐ頭をもたげる依存への傾倒。妄想への耽溺《たんでき》……。

そんな自分の水面下にある欲望は何なの？

というようなことを、いつもいつも何十年も、考えつづけております。考えなしに無意識に描いてしまって、他人にはバレバレで自分だけ自分の欲望に気付かず、「私はそんな人間じゃない！」なんて言うカッコ悪さを避けたいんです、私。それが私のねがい（？）

マニアックな話でした。

特にクリエーションをしない人であっても、その人の行動、言葉、しぐさ、着るもの、暮らしの全てに、欲望はだだもれしています。

他者からはよく見えている。
そしてだれも注意なんかしてくれません。
ひどければ、黙ったまま人は去って行きます。

自分の「ダメさ」を周りの人も「ダメねえ」と認知していることを、良くわかりあってて、ちょっと許してもらってる関係、ありがとうな関係が良いなァ。それが私の欲望……つまり「甘えたーーい」ってコト？

50代を境に私が始めたことやめたこと

Do & Don't

仕事も家事も70点で良しとする

仕事も家事もパーフェクトを目指すのは40代までの話。50代以降は70点取れたら上出来！　と、肩の力を抜いて自分を許すようにしました。「漫画のネーム、全部できてないけど、決めゼリフをひとつ思いついたから、今日はOK!」「キッチンの片づけ、全部終わってないけど、ダンスのレッスンに行く時間だから、ここまででいいじゃん！」と、これまで自分に課していたハードルを70点のレベルまで下げたおかげで、日々の生活を楽しむ心の余裕が生まれました。

Do & Don't

1日3個の卵で、脳も体も元気をキープ！

脳細胞を作るにも筋肉を作るにも、タンパク質が欠かせません。60代以降も元気な心と体をキープするために、魚、肉などのタンパク質を積極的に食べるよう食生活を改善しました。特に卵は最強の栄養食！　ゆで卵、温泉卵など、毎日必ず3個は食べるように心掛けています。

Do & Don't

筋トレ元年！ 新たなチャレンジをスタート

ポスト更年期でどん底まで落ちた体力を取り戻すため、自宅近所のカーブスに入会。1年間に220日通って軽い筋トレを行う生活を2年続けたうえで、新たなチャレンジとして念願の社交ダンスのレッスンを開始。7㎝ヒールを履いて早足でステップを踏むダンスを週4日続けているおかげで足腰が鍛えられ、50代の頃より脚力もアップ。現在は、体脂肪計に乗ると「筋肉質」のゾーンに入るほど全身に筋肉がついて、「エネルギッシュに動ける肉体」にバージョンアップしたのが嬉しい！

Do & Don't

50代からは、 使う鍋もサイズダウン！

料理に使う鍋も、もう若い頃のような大きなサイズのものは要りません。「中」サイズ以上の鍋はすべて処分して、今の自分の食欲＆体力にマッチした軽くて小さな鍋だけにしました。洋服や家具なども40代までのお気に入りがベストとは限らない。50代以降の自分に不要なモノはどんどん断捨離して、新しいお気に入りとチェンジするようにしています。

Do & Don't

肌荒れ防止のために、些細なことでパートナーとはケンカをしない

ウツがひどかったときに、自分の体調が悪いことを伝えなかったため、「僕のことが嫌いになったから機嫌が悪いの？」とパートナーのキムさんから誤解を受けてしまって……。それ以来、自分の体調の変化をきちんと伝えて、夫婦間で不要な誤解を避けるよう気をつけています。また、夫婦ゲンカをするとストレスで肌が荒れてしまうので、些細なことでパートナーとケンカはしないと決めました。

Do & Don't

やりたいことだけに、今までの倍のお金と時間を使う！

いくら「人生 100 年」とは言え、50 代ともなれば、心身ともに健康で自由に動ける残り時間は限られてきます。だからこそ、今、自分が心底欲しいと思った服は、いくら高くてもその場で買う！　目下、夢中になっている社交ダンスのレッスンにも、時間とお金を惜しみなく使う！「あれもこれも」ができない年齢だからこそ、本当に惚れ込んだものには、今までの倍のお金と時間を使うようにしています。その代わり、自分の苦手なこと、嫌いなことは潔くやめました。

あとがき

私は今、還暦をはるかに超え64歳という季節を歩いています。この本のベースになったのは50代半ばに「ＨＥＲＳ」や「女性自身」に載ったもので、今、あらためて読むと、苦しい季節だったなァと思い出します。今はすっかり元気で自分の体力に合わせた「ゆる小さい」世界の中で暮らしています。

今、まさに苦しい時期を生きている人は、どうか、くさらず、希望を捨てずにじわじわと、生きてください。今、幸福な人は、それを十二分に味わいつくしてください。

瀬戸内寂聴先生もよくおっしゃいます。人生は無常です、よいことも、悪いことも続きません。と。

還暦ぐらいになると、「死ぬかも！」みたいな経験もいくつか済ませ、生き方もシンプルで強くなる気がします。また、そうでなくちゃ生き抜いてきた甲斐がないわ。とも思う。

面倒くさい自分や、こんがらがった関係や、ゴミは捨てて、毎日を自由に使いましょう。

どうぞみなさま、ご安全に。

２０２１年春

槇村さとる

初出一覧

※口絵は『すべては大人の女性になるために』(二〇一五年)所収

※第1章〜第3章は、『50代は悩み多きお年頃』(二〇一六年)を再構築し、新たに加筆修正したものです。

※「『これから』について」の「あきらめてしまえば、Happy!?」と「50代を境に私が始めたことやめたこと」は、「HERS」2月号(２０１９年)所収

※「『これから』について」の「SATORU　VOICE」と「あとがき」は、書き下ろしです。

槇村さとる（まきむらさとる）

1956年東京都生まれ。漫画家。'73年少女漫画誌「別冊マーガレット」において、『白い追憶』でデビュー。以後、『イマジン』『おいしい関係』『Real Clothes』『モーメント　永遠の一瞬』（以上、集英社）など数々のヒット作を発表。エッセイに『おとな養成所』『すべては大人の女性になるために』（以上、光文社）などがあり、多くの女性たちから支持されている。現在、女性漫画誌を中心に執筆活動やエッセイ、対談など幅広く活動している。

新《しん》50代《だい》は悩《なや》み多《おお》きお年頃《としごろ》

2021年6月30日初版1刷発行
2021年9月15日　　2刷発行

著　者 ── 槇村《まきむら》さとる
発行者 ── 田邉浩司
組　版 ── 萩原印刷
印刷所 ── 萩原印刷
製本所 ── ナショナル製本
発行所 ── 株式会社光文社
東京都文京区音羽1-16-6（〒112-8011）
https://www.kobunsha.com/
電　話 ── 編集部03(5395)8172　書籍販売部03(5395)8116
業務部03(5395)8125
メール ── non@kobunsha.com

ISBN 978-4-334-95254-9